装饰风景表现

编著◎陈　辉

河南美术出版社

图书在版编目(CIP)数据

装饰风景表现／陈辉编著.- 郑州:河南美术出版社,1999.12
（中央工艺美术学院图案教学新视点）
ISBN 7-5401-0860-6

Ⅰ.装… Ⅱ.陈… Ⅲ.风景画－表现－技法（美术）Ⅳ:J211.26

中国版本图书馆 CIP 数据核字（1999）第 74567 号

装饰风景表现

编　著　陈辉
责任编辑　赵毅冰 李学峰
封面设计　王　萌
版式设计　曹艳玲
河南美术出版社出版发行
河南第一新华印刷厂印刷
850 × 1168 毫米　　16 开本　　3.5 印张
2000 年 3 月第 1 版　　2000 年 3 月第 1 次印刷
印数: 1-3000 册
ISBN7-5401-0860-6/J₂ · 746
定价: 15.00 元

目录

一、装饰的起源

　　装饰是人类生活中最基本的欲求之一，是原始本能的再现。其目的是为了更好的生活，更愉快的活着。

　　最先用于人体装饰的纹身称人体图形装饰，刻画在工具、器物和生活用品上的图形称图案装饰，应用于栖身居住之地的装饰图形称环境装饰，这就是最早的原始装饰欲求。人们常常把它比做人类的童年。单纯、天真、富于幻想，虽然幼稚，却满怀信心地向更成熟的阶段迈进。

　　对装饰的欲求，在原始的先民中早已存在，即使在刀耕火种的原始洪荒时代，也有进行图案装饰的，这种对衣食住行采取的图案装饰的行为来自爱美的心理、来自对生活切实的体验和一种希望和排除缺乏感的冲动和精神情绪。这种行为创造着装饰，使原始的求美本能得以满足。譬如，在身上画上颜色和图案纹身，在头上和身体等部位围上野花和藤草，在颈上、腕上挂一串骨头或贝壳，把漂亮而美丽的鸟羽当做头饰等，用以激动同类，引起自身的快感和异性的注意，这种最原始的装饰欲求，可以说就是最初的美感观念，是一种自然而本能的流露，当归属本能的求美心理。显然，这是装饰具有实际意义的精神因素，那么，最初的石器打磨、弓箭制作、为方便取水而做的彩陶尖底罐，便是实际意义的物质因素，只是功能不同，但共同具备生命的实际意义。

　　原始人在劳动或祭祀中发出重复喊声和敲打声，以及重复的动作，便是最早的音乐和舞蹈，在岩洞中涂抹装饰图形便是最早的绘画。原始人在他们居住息歇的洞穴里作画，作为祈求丰收、安居、繁衍的对象表现，比起作为纯粹欣赏对象来更为重要。

　　画凶猛的野兽来免除恐惧的心理。

　　画鬼避鬼，以毒攻毒。

　　画渔猎、牛犁来证实收获和安定的生活。

　　画受伤的猎狗来表明得到占有物的喜悦。

　　画弓箭，表明这种武器能射杀猎物这个现实。

　　画群居的村落，表明生息繁衍。

　　用装饰的图形表现人类自我维护的本能和种类繁衍的愿望，是先人对最本能的美感的崇尚。

　　中国早先的纹样，是在无为而为偶然中诞生的。这些纹饰都是原始人在日常生活中发现的。如绳纹、席纹、蓝纹、网纹等。

　　绳纹是为了加固泥土器壁捆扎时留下的。

　　蓝纹是泥土涂在内壁以盛食物之用留下的。

　　席纹是未干的泥胎器型放在席上留下的。

这些纹饰都是偶然的野火过后留在坚硬泥胎上的意外印迹。因此，在最初的陶器产生的同时，最初的纹饰也相继问世了，这也是早期的纹饰以印、刻、画为主的原由。

图案装饰美一是来源于本能，一是来源于寄托，最初的目的都是为了实用。即便在蒙昧的原始时期也都有装饰的欲求。这种装饰欲求大多不是从纯粹的审美动机产生的，而抱有极其实际的目的和本能。正如芬兰美学家赫恩所说："仔细研究原始民族装饰品，可以帮助我们认识到在今日认为是单纯的东西，而对于当时那个民族是有极实际用途意味的。"

距今已有近七千年历史的彩陶，在图形变化、造型的抽象性、色彩的概括上都达到了十分完美的程度。它的出现表明我们的祖先已懂得火的烧制技术，并能使用简单的化妆土(红、黄、黑、白、褐等)，以因日常接触而熟悉的水纹、鱼纹、网纹、蛙纹、花纹来装饰陶器。生动形象的纹饰，简明抽象的造型，统一谐调的色彩，精湛的绘制技术无不被内行人惊叹叫绝，在没有机械工业和精致的绘画工具的当时，怎能有如此精确的造型，怎能有这般准确的绘制技术，又怎能有今天我们对它完全概括的抽象形态毫不置疑的崇尚……

与彩陶先后出现的法国拉斯科岩画和西班牙阿尔太米拉岩画描绘的多是人和造型各异的动物，这反映先民们以食肉为主的本能特征，由这种特征也产生了表现这种形象的欲望，这大概就是人类最早从事的绘画吧。

自彩陶以后，我们还要注意中国各朝代的装饰。

商周时期青铜器上的装饰图案——饕餮纹、夔龙纹、凤鸟纹、大象纹。

战国时期的青铜器、漆器、玉器、纹帛等装饰。

汉代的画像石、画像砖、瓦当等装饰。

南北朝时期的陶瓶莲花装饰、飞天装饰、石刻装饰等。

唐代的敦煌花卉纹饰的卷草装饰、折枝花装饰、团花装饰、宝相花装饰等。

宋、元、明、清时期的图案，大都装饰在陶瓷器上，有牡丹、莲花、鱼藻、龙凤、水仙等纹饰。还有各种工艺品上的图案，如丝织、竹雕、雕漆、景泰蓝、牙雕、玉器等。

除此以外，还要了解国外的装饰艺术风格，如非洲雕刻装饰艺术，玛雅文化的装饰风格，古埃及、古罗马、古希腊艺术风格，中亚及西亚装饰特点，还有西方现代装饰艺术。

组成宇宙的根本要素是比例与和谐。方形、三角形、圆形、长方形、立方体、长方体、锥体、柱体、球体、黄金分割数比等被认为是最美的图形元素，这些性格各异的形态所构成的比例美感，早在古希腊和古代的中国就被视为美的准则。

古希腊多注重自然的模仿，重写实，相对消弱了对人类情感与灵性的捕捉。

古代中国则注重对象神韵的把握，重写意而放弃对自然美的探索，赋于对

图1

象广泛的抽象性。

古埃及则多反映神，出于寄托和对神的崇拜，体现帝王的权位，造像以人面动物身体相合居多，西方立体造型和东方的平面装饰相结合是它的特征。

从古代到现代，从西方到东方，我们看到了中国宋代注重人文精神与西方文艺复兴重视人的现实性的融合点，看到了近现代西方艺术正开始摆脱古典艺术理论的"再现和模仿"，而向东方艺术靠拢，看到了由原始装饰图形而派生出来绘画艺术，而且越分越细，以致出现今天的各种装饰风格和各种流派共存互补的格局。

这是好事，只有这样，艺术才能发展。

通过图1—图4的范图可以看到古为今用，洋为中用在装饰风景图案中的实际应用；看到平面性、平衡性、秩序性、和谐性、单纯性这一装饰图形特有的规律和特征。

图2

图3

图4

二、装饰图案的基本概念和基本构成

　　装饰图案具有特定适合性和实用性。早先的装饰都是器物和实用品上的附加物，使原有的造型更具光彩，起画龙点睛或谐调的作用，是与工艺制作相合、材料相统一的一种艺术形式。

　　装饰图案发展到今天，已逐渐成为独立的装饰画种，并通过各种材料充分表现其特有的装饰属性。

　　装饰图案具有多种解释和含义，从字面上讲，装饰即装点与修饰，图案即关于图形的设计方案，那么对图形设计方案修饰称装饰图案。此设计方案是在原有的器物上修饰。

　　另一种解释是将写生的自然物或积累的资料经过归纳、概括、取舍、添加等方法，使之成为完美的装饰图形，此设计方案是以纯审美为目的的独立装饰画。

　　再有就是对实用美术里的染织、服装、陶瓷、装潢、环艺和建筑设计等方面的材料要求、工艺制作、审美功能、实用意义的设计方案。

　　我们通常对装饰图案的界定，是一种规范的、对称的、平衡的花纹或纹样。在传统的纹饰骨架中，二方连续纹样、单独纹样、角饰纹样、适合纹样、四方连续纹样处处可见，但随着装饰图案的不断发展和人类审美意识不断提高，传统的骨架形式和纹样范围已不能满足现代人日益增长的精神文明与物质文明的需要，因此，我们不能把装饰纹样局限于此。它们只是装饰图案

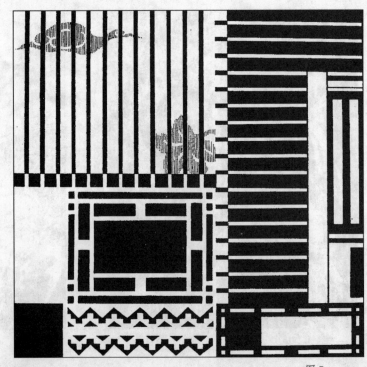

图 5

的组成部分。

传统要继承，但更需要发展，只有发展传统，才是更好的继承。

严格说装饰图案的纹样是规矩的、对称的、连续的。以花卉、植物、动物较多，不表现事物的发展变化，没有故事情节。多以边饰、角饰、中心纹样等装饰在器物、染织品、墙壁、建筑上(图5)。

装饰图形较装饰图案的纹样就显得活泼、自由多了。因为图形可以是任意的形状，可以按主观意愿任意组合，可以不对称，不重复，但构成的图形一定是相对平衡的。装饰图形可以表现时间、空间、季节、场景的变化，可以装饰在物品上，也可作为独幅装饰图形悬挂室内(图6)。

图6

装饰画则不同于纹样和图形，它扩大了传统纹样的领域，在二方连续、适合纹样、四方连续上重新发展了装饰的意义。它有特定的故事情节，根据内容要求，发挥想象的潜能，把发生在不同时间里的事物通过巧妙的组合联系在一起，使人们了解事物的发展和变化。它完全可以独立存在(图7)。

室内外及公共环境的壁画、壁饰，都是装饰画结合内容、材料、功能、审美的综合设计，应该包括在装饰画以内。

装饰图案的构成大致可分3种：即具象形态，抽象形态，综合形态。

①具象形态的构成分为自然形态和人为形态，前者是第一自然，后者是第二自然，两者都属客观存在范畴。

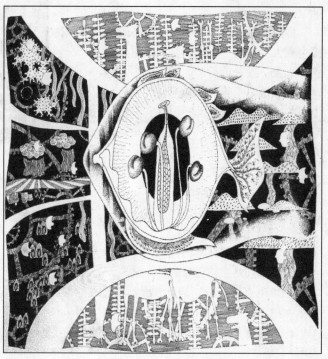

图7

人们通常将第一自然作为客观存在物，而不太接受第二自然这个存在物。这是因为第二自然物的存在的客观性和真实性所致。人类创造的汽车、卫星、高层建筑、电脑等这些第二自然是已经由设想变为现实的客观存在物，这些让人们感到可信。而未能实现的设想事物，就很难被人接受了。

艺术创作必须通过想象和再创造才能升华。往往新的发现诞生新的创意，新的创意要靠具体方案来实施，人在感受到所有自然形态和自然现象时都能转化为精神意象，都能产生特定的意识状态，这就是由想象支配的再创造萌芽。

立体派画家毕加索说："艺术家必须懂得如何让人们相信虚构中的真实。"虚构即想象，相信虚构中的真实即设想变为存在。

自然形态是抽象形态或人为形态的媒介，起着支配诱导作用。

由自然形态的圆木、石头滚动等，人们发现和制造了人为形态的轮子，并从中得出封闭的曲线——永恒动感的圆。

抛石于水中形成的放射波纹的现象，归纳出了渐变有秩的同心圆。

从三点支架烧烤食物的稳定性中，悟出人为形态的三足陶器。

从弓箭的弯曲与折线受力中，体会到对等曲线的力度和直线的速度和方向。

尖底陶罐取水阻力较小是点的作用，锋利出自薄形是线的作用等，是由人为的第二形态的具象总结的抽象造型元素之美(图8)。

②抽象形态与具象形态是相对比较而言的，作为造型艺术没有离开具象的抽象，也没有离开抽象的具象。

抽象是指表现物象的各自具备的共同特征。或主观人为地将它们美的要素抽取出来，形成美感的形象、统一的符号、谐调的形式感。

抽象是第一自然物质形象的抽象，是从具象中来的。然而，抽象形态又是所有形态形成的基础，是多数形态中共同存在的单位或形态要素。比如：

图8

圆形是日、月的抽象；

三角形是山的抽象；

三点是星座的抽象；

三划是水的抽象；

象形文字是具体形的抽象；

阴阳八卦是宇宙规律的抽象。

抽象形态的构成，是自然界具象形态的形、色、虚实、节奏、强弱等因素的科学分析，是自然物和心理审美结合的创造物。

作者在观察事物时的得意，在表现事物时的写意，读者在欣赏作品时的会意等，皆属抽象意识。

比例、数据、形体的差异、黄金分割等作为世间万物组成的基本形态和审美要素影响了古今许多艺术家。

古希腊陶瓶上的装饰，意大利文艺复兴时期达·芬奇的作品，都强调了比例和数据的美感。抽象画家蒙德里安的作品则体现了黄金分割数差的美感(画面呈抽象而平面的稳定状态)。

后期印象派画家塞尚又把柱体、立方体、锥体、球体等形态视为造型的美感要素，展示了形体的差异美感(画面呈非传统式的立体状态)。

超现实主义画家米罗的作品则打破逻辑结构，通过点、线、面的组合，把扭曲、变化的形象和空幻的色彩幽默结合在一起，突出了最抽象的造型元素点、线、面与无限的浪漫色彩之吻合的美感(画面呈平面的装饰绘画状态)(图9)。

③综合形态集自然形态和抽象形态于一身，它包括现有的资料和通过写生收集的素材，在综合图形的要求下，将相关的内容及形态有机地统一在画面中。

综合形态的表现形式多样，这里综合以下几种方法来说明。

添加方法：即在某种纹样或图形的中间和周围，适当地加入一些新的装饰，使原有的纹饰更加丰富完整，活跃画面气氛，增加新的艺术效果和联想性的情节(常见以传统的装饰附以新的内容)。

结合方法：结合方法是将自然物不同季节和时间里发生的现象，或视觉不可见的物象，加以创造性的结合，突出各自优美的特征。这种方法强化了主观愿望和对生活美好的向往，使图案具有感人的艺术魅力。常见的花果同生的植物，表现受孕的母体中不可见的小动物可以吃草等现象。

巧合方法：巧合方法是运用巧合的艺术构思、加强图形的想象，使图形的造型合乎情理，但又产生有机的联系和妙想。巧合方法又称共用形法。常见的植物图形中共用一个花头，一个树枝，动物和人物图形中共用一个头，一个身体等。

吉祥方法：吉祥方法是按人们的吉祥意愿，将有联系的中国文字通过谐音的方法体现出来并与反映吉祥物的植物、动物、人物相结合，求得内容与形式的完美统一。吉祥图案是多少年来人们世代相传并总结的浪漫而不失真的表现方法。常见的有连(莲)年有余(鱼)、岁岁(碎)平安、松鹤延年等。

理想方法：这是民间图案中最常见的表现方法。它并不受客观形态的限制，而是按对美好事物、对幸福生活的向往和追求来使图形理想化。那么主观寓意和联想，感悟和创造是理想图形的魅力所在，常见的有龙凤呈祥、多子多孙等(图10)。

图9

图10

三、收集素材与图形变化

收集素材主要有三种方法：一是通过写生直接获取第一手资料；二是通过广泛收集书籍、展览、信息而获得的间接资料；三是通过头脑积累的原形和由想象而产生的再创形。

收集素材也是丰富构思、锻炼技巧、积累资料，为设计和创作提供方便。

写生在收集素材的三种方法中较难掌握，因为写生者要对客观物象分析理解后进行构图布局，使特征突出，形象鲜明。

写生中注意的几点：

①抓住对象的特征，选择最美的姿态、最适宜的角度去描绘。

②在选择物象的留存时，要注意加强与减弱，去粗取精，保存对象完整的外形和多变的内形。

③在写生时，宜从大到小，从近到远，从主到次，从整体到局部。

④写生时，可根据物象的具体情况进行整体写生和局部写生，宏观写生和微观写生。

⑤写生时，宜从简到繁，从浅到深，从形到神，形神兼备。

写生的方法：

①按写生快慢与粗细的不同：可分速写、素描、白描、工笔淡彩、重彩、写意、没骨、打散重构、装饰等方法。

②按写生的工具不同：可分铅笔、钢笔、毛笔、圆珠笔、油画棒、色粉笔、水彩笔、水粉笔、油画笔等工具。

初学者可以选择较容易的速写和白描二种写生方法，以铅笔为好，宜于涂改。

对于写生，应理解为不是完全再现客观对象，而是要更多的注重对自然和生活的感受和理解，体会对象内在生命的韵律和节奏，把观察事物的形和表现事物的意结合起来，从而达到心神合一，随心所欲的境界。

具备这种悟性，可使前期的写生自然随意地过渡到归纳与变化之中，因为在写生中已开始渗透了归纳与变化里所强调的因素——秩序与想象。

经过多张写生练习，客观地描绘对象已显得不那么困难，但对变化和归纳则仍然显得力不从心。对理想的写生稿，常常不知从何处着手，画不出相应的优秀图案，这反映写生与变化从整体上脱节，学习者的平面意识还不强，并没有从写生中感觉到装饰美的规律。看到的对象仅仅是通过客观的绘制把它再现而已。画的如何如何的像，就是缺乏主观感受，忽略形式美感，不敢打破自然形的结构及外形的束缚。

写生与变化如何衔接是我们教师要引导学生的，要以启发式的教学方法，教给他们如何用装饰的眼睛、美的感受、丰富多变的表现力和与心同步的手来表现世界。在写生中把握一种感受，一种情趣，一种强烈的表现对象的激情。

笔、色、纸本无情感，是被艺术家驾驭的奴隶，当艺术家的创造升华为第二自然时，笔、色纸才有其光彩。

写生与图形变化本无严格界线。每个人的感受不同，会出现不同的构图和表现形式，可以说变化的萌芽在写生中就已有了雏形。

写生不仅仅停留在画的像不像，是否细致，而且要写其生动，画其神韵，悟其美感。生活不是缺少美，而是缺少发现。大自然许许多多的形态，需要我们不断地发现它，深入理解它，准确地把握它，形象地表现它。

美的表现形式是多样的，规律是可寻的，诸多在我们看来不起眼的、司空见惯的物象，只要以不寻常的艺术洞察力去捕捉它，同样会出现美丽的闪光点。

再现对象的自然属性，准确的描绘对象的真实性，是写实基本功扎实的体现，是造型艺术表现的一种方式。

艺术有两类：一类是小道，它娱人耳目；另一类是大道，它震撼心灵。

从造型艺术里线条的密集与松散，形体量感范围的递增与递减，我们体会到节奏与韵律这一美感因素，通过画面各部分重量感在相互调节下所形成的静止现象，我们感到平衡与秩序的装饰艺术魅力。从科学色彩定律的组合与超然想象色彩的有机搭配，我们看到了理性色彩的精神性与感性色彩的象征性在装饰图案中的实际而广泛的用途。

观察进入到表现，写生进入到归纳，想象进入到升华，实质上是从客观到主观的完善过程。变化不是最终目的，变化是为了取得内容与主体关系的谐和与呼应，在有限的空间里与其它条件吻合，寻求整体的共鸣。

泰戈尔说："采摘花瓣，得不到花的美丽。"这是说被采的花失去作为整体的绿叶陪衬而显得孤立无韵。一个好的图案装饰画，应该是造型、色彩与环境最好的谐调和统一。

马蒂斯说："画面中不存在可有可无的部分，只要对整体无益，必有害。"这是说造型艺术的整体性决定局部变化。万变不离其宗，遵循造型艺术里的数学变化规律"1+1还等于1"的定律，如同我们在看风景时，看一座山，是石头堆石头构成了山脉的造型，我们所看见的石头变化归属于山的外形之中，外

图11

9

形是山势,是整体,是由无数局部摞叠而构成。我们先看到的是山的轮廓走势,而后才见石头结构,这就是整体与变化的关系。

吴冠中先生说:"树＋树≠树林。"这也是说在风景画中对树的表现不能一棵一棵来画,而把一片树林当成"一棵树"来表现,这句话的实际意义在于强调整体的重要性。

一件艺术品衡量其美丑,不是以雕琢绘制的粗细、材质的优劣来评判定位艺术水准。

美与漂亮是不能等同的。

美是形式结构、色彩组合高度概括的艺术效果。合理的利用材质在于发挥材质的特性。

漂亮是过分强调了物象的细腻,柔而光挺的局部变化,忽略了形与形之间的整体关系。过于强调局部的变化,必然丧失整体的力量(图11)。

装饰艺术里的图形变化美感有其独立的特殊性和规律性。通常归纳为:平面性、单纯性、秩序性、平衡性与和谐性。

平面性是造型的二维性;

单纯性是对形的概括性;

秩序性是构图有机排列的谐调性;

平衡性是画面形、色对比形成量感一致的稳定的静止现象;

和谐性是形与色形成的整体统一感。

我们把迷惑耀眼的色彩抛开,构图、骨架、结构实际上起着主导作用,不能被忽视。如同画素描,形与透视都画不完善,调子涂得再丰富也等于零。这与吴冠中先生所说"笔墨等于零"是一个道理,笔墨在不同时候、不同画面不是等值的,抛开具体物象而单说笔墨,其价值等于零。

谢赫在他的六法论中谈到的"经营位置"及"随类赋彩",也说明形先于彩的主导性。

装饰图形的变化是把写生的自然物和积累的自然形态、抽象形态、符号形态诸要素,经过归纳、取舍、概括、变形、重构等方法,按相关的内容组成有机统一、完美和谐的二维图形。

相同因子的反复产生统一感。

相似因子的反复产生统一中的变化。

相异因子的反复可出现对比变化中的统一。

过多因子的反复则有繁琐、杂乱之感。

单一因子的反复又嫌乏味。

山峦的起伏、大片的麦田、鳞次栉比的层层树林都是反复排列形成的秩序美感。

常见的图形变化的表现方式有以下几种:

①单独纹样:此纹样的构图与变化没有外形界定,是单独存在的,周围没有辅助形。

②二方连续:此纹样是一个单独纹样单方向的延续。或左右方向伸展,或上下方向伸展。

③适合纹样:此纹样的变化受到外形的限制,随外形的变化而变化,适合特定的外形(大致分方形、长方形、圆形、三角形、椭圆形、异形等形状)。

④四方连续:此纹样的变化不受外形的限制,是一个或多个基本单位纹饰向四周无限延续,不断重复的图形。

⑤多极图形:这类图形大多是围绕主题创作、环境要求、材料的特性来进行综合创作的。按照历史的发展,故事情节的变化,不同时间发生的同样事情与同一时间发生的不同事情进行展开,图形中出现的多种形态(人物、动物、植物、器具等)将以特定的表现形式统一在一起,多极图形的场景较大,内容丰富,纪念性强,观赏性好。室内外的大型壁画是多极图形的集中体现。

常见的图形变化的规律大概如下:

①确立被装饰物与表现形式及用色的统一。具体的表现方法要与相应的内容吻合。这里举原始社会的彩陶为例。彩陶造型简洁,形体单纯而饱满,张力感强。坯体呈土红色,装饰的纹样大

多是与生活中密切联系的水纹、鱼纹、网纹、人舞纹、蛙纹等，但这些形态都是以夸张而抽象的几何形出现在器皿上，且形象生动，概括力强，适合器形完整。在色彩的运用上仅黑、白、红、褐四色，把构成图形的最基本原素的点、线、面所组合的抽象形态进行秩序的排列，疏密的分配，虚实的互衬，形成了丰富有序的节奏感。利用最原始的色彩搭配，是为了与胚体呈色形成和谐的色调。同类色的明度变化，增加了形与色的呼应。那么，由此归纳出：造型的简洁带来与之相应的抽象纹饰和单纯的色彩的并列。艺术表现手法是何等的现代。

②突出形式感，打破常规透视概念，把人眼看不见的物象表现出来，敢于无中生有。这里我们以立体派画家毕加索的静物和风景相结合的作品来说明，什么是立体派?立体派就是把物体的多面体和焦点透视看不见的部分以散点透视的平面法表现出来，这属自然现象存在，而非自然观察的超然想象，是热爱生活、善于发现美的存在所为。画家没有以立体的形式再现对象，而是把本不该看见的诸多立体面，通过平面的构成来分割对象，单体与多体的多项变化，形成的矛盾形体和矛盾空间给人一种对形象陌生而需探秘的视觉现象。出于好奇，人们没有怀疑物象的真伪性，而是对大师就形体以平面多体的再现方式表示崇尚。这种善于发现，敢于创造、虚构真实的艺术观是值得我们学习的。如《窗前静物》、《静物与风景》。与他同时代的荷兰艺术大师埃舍尔的作品更是矛盾空间与共用形运用的精典。再如，非洲艺术里常把人们眼睛看不见的动物的体内器官也表现出来：受孕的母鹿、蛇吞食青蛙等，看不见的东西以美的形式表现出来，增加了趣味性。这里我们以类似的学生作业当范图点示。图12的这幅作品是江南水乡的风景装饰画，画面中房屋的结构分布与透视是矛盾的，支解与打散的形增加了图形的非客观性和虚构性，缭绕的炊烟使近景与远景的空间产生等同距离的平面感，图形的黑、白、灰与肌理的合理组构井然有序。

图 12

③构图要有装饰性。不取焦点成像，减弱透视距离，以重叠、组合、打散、穿插、平衡、聚散等平面处理手法表现对象，它属中国传统的拿来与搬去的散点透视法。只要图中需要，可以任意将所需形态搬至图中，也可删减或挪走不需要的形态。观察形态的方式多以平视、正侧视、正俯视、正仰视、垂直式、展开式、立面式、凹凸广角式，也有多项结合的图形。如蓝印花布，平行对称的构图是由平

图 13

视、正侧视和俯视构成的。图13这幅以农舍小景为题材的装饰画就是运用了上述规律。画面的

构成是平视与腑视结合、重叠与平衡的组合、拿来与删减的组合的最好体现。概括的农舍没有按实际结构来刻画，而是将农舍院中碾子、炉灶、扫把、植物、簸箕充当门窗和墙壁，黑底上空出的白线与屋檐形成统一的灰面，两边空出的墙壁与重叠的树干构成黑白对比的反差，反映了整体中求变化的美感规律。

④图形不受时间、空间、季节、距离、比例的限制。自由超然想象，浪漫不失美感，虚构不失真实。这些图形我们常在民间图案中见到。如：一棵树既发芽，也开花，又结果。一片树叶里又长出多个花和叶，同时还有动物呼应。花中带叶，叶中含花。我们不会因为树是先开花后结果这一客观现象来检验它是否真实。相反，图形超然有趣的想象倒给我们留下了非客观而有趣的印象。图14这幅风景装饰画是以打散、切换的形式将白天与黑夜、立面与平面、远景与近景倒置来分割组合画面的，将本该强烈的日光淡化了，而不该突出的月光明亮了，黑灰色的底形上出现耀眼的白形正是发生在不同时空里的光的闪现。近景中的椅子推置远景，远景的月亮搁置在中景，物象之间比例的矛盾等构成了没有时空、距离和比例的特殊图形。

图14

⑤利用图形与地形的翻转与互换、形与形的相切所构成的共用形、共用线来丰富完善画面。图形是实形，是画面中突出的形或色彩，先于地形出现在视觉中。地形是虚形，是画面中后退的形或色彩。利用图形中形态的造型相互翻转、重合、包围、挤压、互衬等合成形式，可使图形与地形相互作用，相互依衬，地托图形，图反衬地形。作为虚形的地形可以转换成实形的图形，而实形的图形又可转换成虚形的地形。这种虚

图15

实相间、黑白互衬的翻转处理手法，能在图形的单纯构图中寻求变化的形，形与形的相切，有意与无意产生的共用形，我们称它为第三形，即透叠形，能给图形增加趣味性和神秘感，使视觉不断地在画面中搜索，不时会发现新图形，继而又回到原图象。这种扩张与收缩的交叉，本身就能感到画面的丰富。通过图15我们可以看到此法的特征。单纯的黑白两色的互相作用产生的形与

结构的变化和互补，足以使我们的视觉满足了。我们还可以看到黑白形在特定空间里图形与地形的互换变化。

⑥构图中的物象的形与色要有节奏、韵律、调式。节奏是强弱，韵律是反复，调式是统一。概括说强弱要有形的差异，密集与松散的对比。反复要有形的相对重复，排列与重量的秩序。统一要有形的相同和谐，形式与表现的完整。画面中的调式变化是随主体结构的面积分量的变化而转换的。我们以围棋中的"知白守黑，计白当黑"的整体布势来看图形节奏和调式就比较容易理解了。知道白棋的布局，相应配置黑棋，布黑时已能判断白的范围。是对比关系还是调和关系，在构图前就应确立。在图16中我们看到节奏、韵律、调式的作用。屋顶以不规则渐变形自由摆放所形成的节奏，配以重复的木制结构和适量的黑白形，木制结构的密集组合衬托了图形中松散的黑与白，使图形构成了中等明度的对比调式。

图16

⑦理想化、浪漫化、象征化的想象图形。这些图形在传统纹样里出现居多。例如：中华民族特有的龙凤纹样就是由多种动物的特征组成的：龙是由牛头、鱼身、鹿角、鱼须、鹰爪等组成；凤是由鸡头、朱雀、绶带、鸟尾等组成的，有阴阳、男女、皇与后的象征；《百子图》中绽开的石榴，裸露的石榴籽，表明多子多孙、福星高照，寄予着美好的愿望和理想性；《松鹤延年》中的松，有长久之意，永不衰老，万古长青。翩翩起舞、轻盈活泼的鹤，表明一种活力和弃老还青的寓意和浪漫色彩。图17中的镂空天窗式的超现实构图，把我们的情绪带入现实与非现实的联想，虚无与空幻的意境。孤立与冷落的现实，嘈杂的社会，使我们常常想回避现实，寻

图17

找超凡脱俗的心态。虚构的场景中的轮椅、脚印、远帆、流云都是孤立的，它们本身并没有什么联系，作者试图以冷静的超凡理想来表达具有象征意义的画面，给人苍凉、悲壮、虚无之感。

⑧利用各种表现技法，各种肌理的制作，表现不同的质感和视觉效果，丰富完善画面，增加质地对比。肌理效果是画面中技法或技术处理的手段，是为了加强视觉注意力和表现力，避免画面空泛单调。一般用于画面中突出的部分，或抽象的部分，或图形中面积较大的部分。以微观的

13

肌理表现宏观的场景是十分恰当的结合方法。利用拓印法可以表现古朴浑厚、斑驳粗犷的年代感；利用喷涂法可以表现蒙眬含蓄，酣畅淋漓，变幻莫测的感觉，常以此法来创造空旷悠远的画境；利用乱纸法可以表现变化的线和面，有刀落笔出的金石味；利用点彩法可创造空间混合的视觉效果，我们看到图形时近时远，时而清晰，时而模糊，这是一种可调的归纳空间。利用不同的质地去表现不同的肌理和质感，都是为了使画面能产生丰富特殊的视觉效果。这种特殊的视觉肌理，并非真实的物质本身，而是通过不同的制作技法来体现它的视觉真实性。如：制作出像金属、陶瓷、石质、木质、皮质、织物、玻璃、云纹、雨痕以及各种自然纹理等。还可利用不同的艺术形式来表现，如：剪纸、木刻、蜡染、拓印、石版画、拼贴等。艺术表现没有定法，不择手段，也是择一切手段。图18这幅以建筑为题材的装饰画是以脱胶法来表现的，并结合后期的绘制加以变化。先设置构图，画面中白的部分要反复涂水胶，灰白的部分少涂水胶，适当留出飞白，黑的部分不上胶，然后通版涂黑，待干后以水冲洗，胶多处墨色沾不上，被全部冲掉，留下原底白，胶少处墨色少量渗入，形成不规则灰色，没有涂胶处墨色被全部保留下来，并适当结合钢笔、碳笔加以调整。

技法的运用十分广泛，我们在实践中还会发现许许多多的新方法。

图18

四、装饰图形中的点、线、面与黑、白、灰

抽象派画家康定斯基在论述点、线、面的特性和功能时说:"点、线、面是造型艺术表现最基本的语言和单位,它具有的符号和图形特征,能表达不同的性格和丰富的内涵,它抽象的形态,赋予艺术内在的本质及超凡的精神。"

当我们听音乐时,乐曲的强弱、松紧自然使我们有一种对点的密集与疏朗的感觉,这就是节奏。它是由最基本而单纯的点构成的。那么,我们把音乐的节奏点不断延伸地听下去,就可感觉到起伏流动的韵律线,把这种线的印象通过不同乐器同时演奏出来(如交响乐),你又能体会到厚重而有规范的面和无限的场,因而带来的是音乐里量感范围的震撼。从音乐来比较点线面的关系,其因是艺术共同包含着相对的抽象性。只是音乐通过听觉来感悟,而造型艺术是通过视觉来感知的。

①点在装饰图形里用途广泛。单一的点,有提神、跳跃、画龙点睛之作用,一般在图形里没有固定的位置,多出现在画面需要的活跃、闪动、提气、平衡的地方。这个点可以是抽象的几何形,也可以是自然形或自由形,它的变化随整体的表现形式而定位,是图形中某一个形的缩小,或取之局部,或抽取共同因素的归纳形。以点的伸展所产生的线,较之单一的细线、粗线、拙线要丰富而有变化,能充分调节图形的节奏感,但此时图形中的点的特征已降低,被点连接的线所取代,这类线富于较强的装饰性,符合重复排列产生装饰语言的规律,使图形增添新的韵味。再把相同或相异的点扩充开来,均匀分布,点的性格特征就会被削弱,由点形成的面占据了主导位置,局部观看,它是点,整体观察,它构合为面。点的大小不同的平衡匀称排列,涵盖着平面的空间性。点的自由组合,增强了画面的动感。不同肌理的点所产生的视觉感应,丰富了图形的层次,加强了表现的力度。

通过点的变化,我们可以看到点的演变性和性格变化。点、线、面三者的特征是相对的。是可以互相转化的。

再看点在装饰图形里的黑、白、灰关系是怎样呢?我们说:就点的单独性来讲,它仅是两极色——黑与白。就点的重复性而言,它又能出现中间色,也能形成线和面。线和面可以由不同色素的点来组成,由点的连续组成的线,我们能辨别黑线、白线或灰线,但点的扩散所形成的面,我们仅能看到灰色,只是灰色的度数不同而已。黑、白、灰三色点,其组合后的结果都含灰色。因此,在装饰图形里,要善于利用点的不同形状,不同性格,不同肌理,不同大小来构造丰富的图形。图19是一幅以点和少量的线构成的版画效果的风景装饰画。抽象而归纳的几何形的点反复和排列,形成了不同密度的灰色和层次。点是就画面整体而言的局部,它的单向延续构成了有

方向性的线，它的多向延续使我们看到了面。面
构成了画面的整体，起决定作用。此图中的面由
于是变化而抽象的点构成的外形，因而能感到统
一中的变化，还能感到各种性格的点所组成的物
象在相互调节下的静止现象——平衡。画面的中
心空白是周围形挤压所致，增加了透气性和活泼
性。

②装饰图形中的线，有很强的概括性，能直
接表现对象的速度性。单纯的线是反映事物性格
内涵的语言。线有轮廓和面积的感觉，它既能充
当画面中清晰了然的骨架，也能平衡稳定画面，
在图形之间自由穿插，使形象与形象连接成完整
统一的外形和整体。从线的重复、交叉流动和不
同粗细的线的排列，我们能看到不同的灰面，丰
富了画面层次，托出了主体。线在装饰图形里又
分运动的线与静止的线，实线与虚线，阴线与阳
线，软线与硬线，规则线与不规则线，以及几何
形线、自然形线、符号形线等。无论画面上出现
什么样的线，都是为画面整体服务的，但不同的
线形本身各具特点和性格。运动的细线，轻松活
泼、舒展自如，宜于表现轻盈、挺拔、舒缓的节
奏，多以高调形式出现；粗犷的实线，稳定而庄
重，结实而有分量，宜于表现强悍、朴素、浑厚
的物象性格，通常与黑、白、灰结合构成画面，也

图 19

可独立形成图形；规则而有秩序的线，理性而规范，工整有序，宜于表现细致、严谨、精密的图
形，这种图形常常以对称、均衡、重复的样式再现；几何形的线，错落有序，统一中蕴藏着变化。
几何形的线反复排列，平面性强，有装饰特点；不规则而残缺的线，给我们留下古朴、久远的残
象之感。线的表现是多样的，然而线的特征又是可以转化的。把一条粗线（规则的、不规则的、几
何的、自然的）作切割处理，在原空间不变的情况下，线段具有点的特征。如果把空间缩小到一定
比例，这一线段又变成了面。在一定条件下，运用这一方法，可以抽取单纯形象中的某一局部，
或切割、扩大、缩小图形中的某一部分，这样能使原有的图形产生共同因素，达到图形的丰富和
形式感的统一。

根据装饰图形的需要，我们把线按其美的规律穿插组构，结果只能出现三种情况：即封闭的
线、敞开的线、封闭与敞开结合的线。封闭的线，形成实形的面，有特定的形状和外形特征；敞
开的线烘托着封闭的线，隐含着想象的虚形。这两种虚实相对的线，是装饰图形中的一对矛盾，
调解矛盾使之平和，就产生了秩序。封闭与敞开结合的线，就单体而言本身就有整体与局部变化
的比例美感。如果我们了解超现实主义画家米罗的作品，就很容易理解这三种线形了。

如果我们想突出画面中的某一部分，就要相应减弱其它部分。如果某一部分太强烈，就应降
低其强度来平衡画面，或提高其它部分的量感。如果在表现形式上难以统一画面，就应寻找画面
里相关的共同因素和特点，调整和协调画面。

线在黑、白、灰的调式中，只有高调、中调、中低调和低调之分，而不会出现纯黑调。其因
是黑线、白线多向重复所形成面或调子时，只能出现度数不同的灰色面。图20这幅以线构成的

图 20

都市风景装饰画很有现代感。光挺有力的直线和曲线体现了现代都市的文明与速度，交叉虚幻的空间，冰冷的建筑与公路，让我们感到一种不安的恐惧心理。画面中的形没有交待结构的准确性，图形中的矛盾透视集聚一种不稳定因素，这也许正是作者呼唤回归自然的表白。这幅作品对线的运用和把握恰到好处，真正起到了为主题服务的目的。

③在装饰图形里，面的产生不外乎以下因素：即在一定范围内的对比下形的量感是构成面的条件，并有轮廓形的特征。这种外形的量感可强可弱，既有局部的面，也有整体的面。面的形成具有一定的平面扩张性，兼存单向扩张和发射扩张。面的形成又含散点的组合性和排列性，面的形成也具有线的摞叠性。运用控制好面与其它因素的关系，是把握整体感的良好环节。我们看到的敦煌艺术中的装饰纹样藻井图，在艺术处理上，就是散点多单位的扩延生成了中心纹饰和条状纹饰，并限定在规整的正方形内，我们看到整体而均匀的面，通过底色构成了整体关系的协调，而又不失每块面的变化。简单的配色，经过合理的套用，量感的对比，疏密松紧的秩序，我们看到了无穷的变化和丰富的层次呼应，并得出这样一条美的规律：即简单形的反复排列，能派生丰富、多变、秩序的虚象(底形)，使实象(图形)生动而突出。通常在单纯的底色上画丰富的图形(称以简托繁)，在致密的底色上画单纯的图形(称以繁托简)。

面在黑、白、灰的调式中，能承担黑、白、灰的任何一色，较之点和线，它在画面里占的比重大，举足轻重，决定整体的调式，因而，处理好面的关系，就控制住了整体。

五、装饰图形中的色彩表现

装饰色彩不同于自然主义、古典主义绘画色彩的相对客观性,它不强调场景物象色彩的客观真实性,削弱和淡化光源的作用,画面中不强调体面、空间、质感等因素。

装饰色彩有它自身的规律性和实用性,对图形色彩的填绘常采用随类赋彩的方式。不按常规一点光源设色,而以主观臆想的色彩平涂,或形成平面视觉的不同绘制方法表现客观的物象,注重造型的想象性和浪漫性。同时,还要注意装饰色彩的以下方面:

色彩设置对图形的平衡作用;色彩冷暖关系的相对性应用;色彩明度与纯度相互调节的协调性;色彩的色相与补色在图形中的层次关系;色彩归纳与色彩心理的抽象性等。下面分四个方面简明叙述一下有关色彩的基本概念。

1、色彩的概念

①原色:指红、黄、蓝三种色,通称三原色。

②间色:两种颜色的混合称间色(间色的色彩度变化比较丰富)。

③复色:两种以上颜色的混合称复色(复色的色彩变化非常丰富)。

④补色:指色环180°角相对应的色彩之搭配称补色(色环中色彩分的越多,则相对的补色就越多。通常把红与绿、黄与紫、蓝与橙称三大补色系,实质上是原色与间色之比。补色对比可以降低纯度,但色性不会改变)。

⑤类似色:指色彩的色性基本相同的颜色之搭配(比如:暖色系中的土红、大红、粉红、桔黄等组合,强弱可根据需要,自行调整)。

⑥邻近色:指色环相邻的色彩之搭配,即色环中150°角内的色彩组合(可以改变色彩明度,但色性不会改变)。

2、色彩的属性

我们了解色彩的属性,是为了在实践中更好地应用色彩,学会运用色彩规律来调整画面,指导我们的创作。

①明度:指区别色彩对比的明暗程度。即色彩含黑白色、明暗色的多少决定明度高低。含白多为明调,含黑多为暗调。

②纯度:指区别色彩对比的纯粹程度。色彩中不加混合的颜色本身就有纯度之分。通常混合次数越多的色彩,纯度就越低。复色调配能出现无穷多变的灰色调。

③饱和度:指区别色彩对比的饱和极限。是相对于灰暗色而言。一般饱和度高的画面,色彩响亮,对比关系明确,画面有厚重感。

④色相：指区别色彩对比的颜色倾向。色彩偏暖一些，偏冷一些，偏蓝一些，偏红一些等。

⑤冷暖：指区别色彩对比的相反色性。通常红为暖色，蓝为冷色，黄为中性色。中性色的冷暖倾向是随冷暖色走的。比如：红与黄属暖色系，蓝与黄属冷色系。而红加蓝要看各自所占的比例而定冷暖。因此，色彩中有绝对的冷暖和相对的冷暖之分。

3、色彩对比关系

色彩对比是色彩搭配组合形成的特定色比调式。每种色比关系有它自身的独立性和理论参照性，也有感性的多变规律。因此，在装饰图形的色彩处理上可以采用如下两种方式：一是先按理性的色彩规律预先设置科学的色彩组合；二是即兴的、随意的设色方式，没有固定的结果，随变化而变化。这种方法没有重复性。

①明度对比：指色彩对比形成明暗关系后，整体调子出现了不同程度的色阶比。如：高明调、低明调、中明调、高低调、中低调等，此种对比方法宜于表现图形的层次关系。

②纯度对比：指色彩对比形成相对的纯色与灰色的色比关系。此种方法宜于表现图形的虚实关系。

③补色对比：指色彩对比形成强烈的色性反差，在色环中是对立的色彩。此种方法宜于表现画面的闪动性和强烈的冲击力。

④冷暖对比：指色彩对比形成绝对暖色和绝对冷色、相对暖色和相对冷色的色比关系。此种方法宜于表现丰富多变的图形，增加视觉变化。

⑤调和对比：指色彩对比形成统一的色调。调和对比的色彩组合，多以色性相同的同种色并置。此种方法宜于表现平静、安祥的图形，同时，也能协调周围的色彩关系。

⑥邻近色的对比：指色彩对比形成统一而有变化的色调。色环150°角以内的色彩搭配为邻近色。此种方法宜于表现柔和抒情、蒙眬清雅的意境，较调和对比，增加了色性对比的差异，整体之中有变化。

⑦色相等明度对比：指色彩对比形成明度基本相同，但色相完全不同的色比关系。此种方法宜于表现空幻、神秘、悠远的整体画面效果。色彩调式可明可暗。

4、装饰色彩的特征及规律

学习装饰色彩要善于将科学的逻辑色彩与感性的主观色彩合理运用，有机结合。同时，还有对古今中外优秀的装饰风格进行广泛的吸收和借鉴，达到丰富色彩、为我所用之目的。下面就色彩的特征及规律阐述几点。

①装饰色彩具有平面性、单纯性、适合性、秩序性和平衡性，是随造型之变化而赋彩的。平面性是没有光影和体积的平面表现；单纯性是以色彩平涂画面，没有繁杂的笔迹，是单纯的色块；适合性是根据图形的需要赋以相应的色彩关系，通过均匀而重复组合的色彩表现有外形限定的图形；秩序性是色彩按规律合理搭配产生的韵律；平衡性是色彩的分量在相互作用下图形呈现的静止现象，这种静止现象是色彩的明度平衡和色相平衡的结果。学生应从不同明度、不同色相、不同纯度、不同冷暖色彩组合中，找到和谐的色彩搭配方式，做到调出的不同颜色能形成相应的调子。

②装饰色彩可以借鉴自然色彩，但不是自然色彩1对1照搬，更不是自然色彩的模拟和再现。自然万物的色彩极为丰富，我们可以从中得到启示，但不能片面的照搬自然色彩。自然中的红花绿叶，蓝天白云，青山碧水如果将它们呈现的色彩完全挪置画面，也就失去了装饰的魅力。如将它们适当地保留，并作相应的互换和调整，才是对自然色彩的灵活应用和把握。富于想象，色彩才有变化。图案的色彩也是从整体观念出发，纳万物的色彩于咫尺方寸之间，采用添加、补空、取舍、平衡的设色方法，不受客观色彩的束缚，突出主观随意、浪漫想象的虚构色彩，更增加了色彩的装饰性和单纯性。学生应克服和摆脱对客观色彩再现这一常规模式，完全可以把看到的景

物的色彩互换重构及添加主观色彩。应该知道，在装饰图案中，一个苹果，可以涂任何一种颜色!

③装饰色彩用色有限，但层次极为丰富。统一概括的色彩，有良好的可视效果。它虽是造型的衣裳，但影响整体效果，与造型是随类赋彩的关系。装饰图形的色彩基本是重复套用，几种颜色相互交叉换位，反复出现在图形中的不同位置，会形成多变的色彩关系。冷色围暖色、明色托暗色、等明度色彩的相互陪衬、图形与地形色彩的互用都给图案在视觉上求得整体色彩的和谐与变化创造了条件。有限的色彩，平衡的分布，同样色彩的反复出现、交错互换，给整体的色彩增加了变化中的统一。这与自然主义绘画在表现不同的景物时，必然使用不同的色彩有本质的区别。装饰色彩，不顾及景物自身颜色是否真实，只要图形好看，可以任意按理想的色彩组合画面。

④强烈、跳跃、鲜明、高纯度的色彩，先于形而跳出画面。强烈的色彩让人们的第一视觉首先注意，此时的形和构图相对减弱，成为继色彩之后亮相的角色。二者要有机地结合，才能形色兼备。但我们把迷惑人的色彩减弱降低时，构图及造型就清晰可见了，应该说含蓄而内在的结构起着主导作用。先有完整的构图，再配以协调的色彩，图形就耐看了。同时，还应看到邻近、调和、等明度的色彩其色彩组合蒙胧柔和，造型及构图不易分辨，但十分耐看，视觉平缓、淡雅、优美。学生应把图形布局与分割放在首位，先组织好构图及造型，再安排色彩。

⑤取色变形、或变色取形、或变形变色，自由随意，没有定律。取色变形是指大自然中很多景物的色彩本身很美，但其造型或生长姿态不一定美观，就需要变其形，取其色，为我所用。变色取形则正好与取色变形相反。而变形变色是通过观察自然景物得到的一种感悟、联想和启发，重新创造新的造型和色彩。这种创作方法可以打散重构，归纳组合。重新出现的形与色或许已不能直接与原景物对照，但仔细观察，仍能感到是从原景物中分离出来的抽象特征。

⑥装饰色彩是科学的理性色彩和主观的感性色彩的结合。前者强调色彩理论逻辑性，以色彩的规律性指导创作。后者是强调主观的感性色彩，强调即兴而无法的创作。可谓知法不落法。不变则死，变则通法，色彩是超然的，理论与规律不能成为创作的羁绊。人为界定的色彩不完全能表达真正的情感。

⑦掌握色彩的美感规律。主要表现以下6种:

色彩的对比关系和协调关系是色彩的和谐美感。

单纯、邻近、调和关系是色彩的统一美感。

对称和均衡关系是色彩的平衡美感。

重复与渐变关系是色彩的韵律美感。

层次、纯与灰、亮与暗及补色关系是色彩的空间美感。

颜色的面积大小、量感的比重关系是色彩的比例美感。

⑧色彩如同抽象的音乐一样，即便没有歌词的解释和理论说明，仍能左右人们的情感，产生感人的艺术效果。因此，要培养良好的色彩感觉，一定要多观察、多积累，向古今中外的优秀传统和现代艺术学习，向大师学习，不断提高色彩美感的识别力。

以上从装饰图案的五个方面概括地讲述了装饰的起源与概念；收集素材与图形变化；点、线、面与黑、白、灰关系及装饰色彩规律。大家在学习中除掌握装饰图案的一般规律外，还要在实践中善于观察和比较，深入和发现新的美感因素。这样，无论你面对的是何类景物，你都有具体处理图形的办法。因为美感的表现形式是多样的，它是由美感的人来实现的。

精通的目的在于应用。

图案教学 新视点 TU AN JIAO XUE XIN SHI DIAN

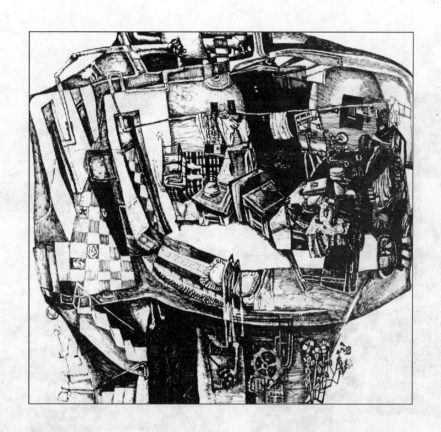

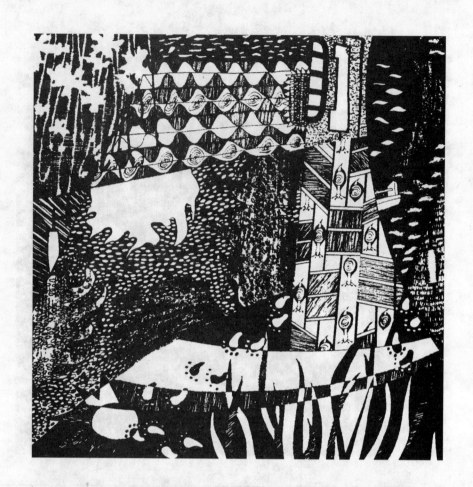

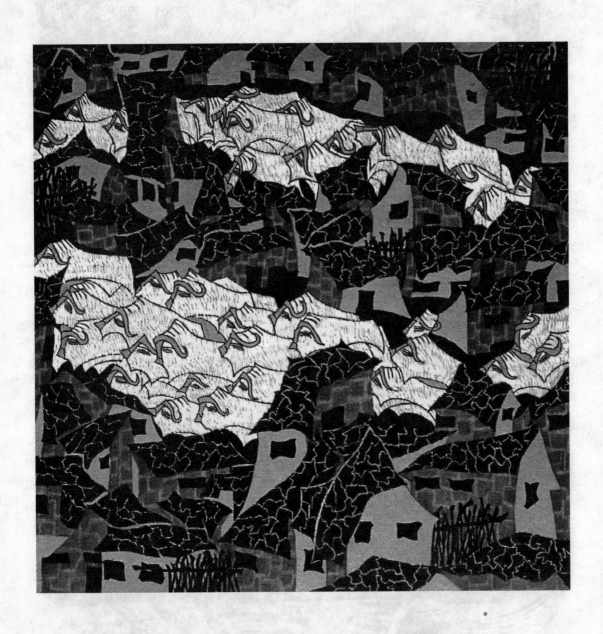

装饰风景表现

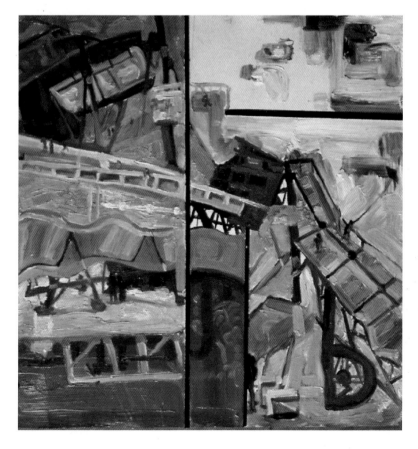